STROKE

"Min och de vita änglarnas kamp"

Barbro Edman

Förord

I den här boken berättar jag om en lång sjukdomstid, när allting började med en nyckelbensfraktur som läkte efter fyra veckor. Efter en akut bukspottkörtelinflammation fick jag efter ett fall på en vårdavdelning, en hjärnblödning.

Jag vill först och främst rikta ett varmt Tack till min man, mina barn, min bror och fru, mina vänner, Sjukhuskyrkan på Skellefteå lasarett samt till alla soldater och medlemmar i Frälsningsarmén i Skelleftehamn, för Ert stöd och Era böner, alla besök och den omsorg Ni har visat mig! Jag är så tacksam för det har betytt så mycket!

Barbro

Förlag: Books onDemand GmbH, Stockholm, Sverige
Tryck: Books onDemand GmbH, Norderstedt, Tyskland

Formgivning omslag: Hanna Eriksson
Foto: Tobias Edman

ISBN: 9789176995334

INNEHÅLLSFÖRTECKNING

Nyckelbensfraktur

Allting började med en nyckelbensfraktur. Jag vaknade en vanlig sommardag i juli månad, klädde på mig och bäddade sängen. Plötsligt halkade jag på en matta och föll omkull. I hela min kropp kändes det som om någonting "kraschade" mot golvet och smärtan var oerhörd! Jag kravlade upp och lade mig över sängkanten, försökte att andas lugnt men det var lättare sagt än gjort. I mitt huvud cirkulerade tankarna och jag kände bara att idag måste jag besöka Hälsocentralen, det blir nog ett besök på röntgen också. Det kändes som hela överkroppen var sönder. Mitt högra nyckelben såg demolerat ut. Jag hade verkligen smärta. När min man kom hem åkte vi till Hälsocentralen, jag fick smärtstillande och doktorn skrev en remiss till röntgen och så åkte vi till Skellefteå lasarett. Smärtan var oerhörd och jag mådde illa. Tankarna snurrade i huvudet och jag undrade hur den här dagen skulle sluta. Samtidigt kom rädslan smygande, men jag fick ju inga svar.

Efter röntgenundersökningen fick jag träffa en ortopedläkare. Han förklarade att jag hade fått en nyckelbensfraktur och att man i första hand inte brukar operera. Jag fick ett så kallat "8-punktsbandage" som jag skulle ha i fyra veckor. Det knöts runt armarna och slutade i en stor knut bakom nacken. Nu skulle det bli intressant att se hur min värkande kropp skulle reagera mot denna tortyr, att ligga på rygg varenda natt i fyra veckor. Frågorna var många, men tiden skulle ge svaren. Tyvärr fick jag inget smärtstillande, men läkaren hördes lugn och övertygande om att det läker ihop på fyra veckor. Tänk, att jag trodde på honom. Plötsligt ringde hans mobil och vips så var han borta!

Sömnlösa nätter

När jag kom hem följde många sömnlösa nätter. Värken var konstant och efter en vecka sökte jag akuten igen för att få ett annat stödbandage. Jag fick ett annat som verkade betydligt bättre till konstruktionen, efter att ha suttit på mottagningen i flera timmar, men utan att få träffa en läkare Jag behövde smärtstillande tabletter. Det strömmade in akutfall hela tiden till

6

sjukhuset. Någon timme sedan jag kommit hem, ringde en kvinnlig läkare till mig och beklagade att jag hade fått vänta så länge på akutmottagningen, men hon kunde ingenting göra för mig. Jag hade bara lust att slita av mig bandaget för det kändes förfärligt. Jag vandrade omkring en stor del av nätterna. Det var olidligt!

<u>Ny undersökning.</u>

Efter fyra långa veckor var det sjukhusbesök igen. Den här gången skulle jag undersökas igen. Jag bad att få se röntgenplåtarna och då visade det sig att nyckelbenet låg omlott. Hur ska det kunna läka utan operation, tänkte jag. Jag tyckte inte att jag fick några bra svar.
Jag fick i alla fall ta bort stödbandaget. Det var verkligen en skön känsla och fick recept på smärtstillande tabletter. Äntligen!
Nu fanns det ingenting mer att oroas för – trodde jag.

Drygt en månad senare insjuknade jag med våldsamma magsmärtor, illamående och kräkningar. Min man frågar mig om vi ska åka in till akuten och jag hör mig själv svara ett svagt "ja". Snart sitter vi i bilen på väg till Skellefteå lasarett. Jag orkar inte tänka en klar tanke, för jag är så sjuk och jag kräks flera gånger under färden. Vi får sitta och vänta och så småningom blir jag inlagd på kirurgavdelningen för bukspott-körtelinflammation. Sedan minns jag ingenting…..Absolut ingenting!

Min mans berättelse

Den 11 augusti insjuknade Barbro med magsmärtor och kräkningar. Vi uppsökte akutmottagningen på Skellefteå lasarett på eftermiddagen där de gjorde provtagningar, som visade att hon hade bukspott-körtelinflammation, så hon blev inlagd på kirurgavdelningen med smärtlindring. Jag åkte hem kl 22.00 och återkom dagen efter för att hälsa på Barbro. Jag märkte då att hon var påverkad av medicin och hon var virrig och mycket trött. Jag var hos henne några timmar och åkte sen hem.

Sent på kvällen vid 22.30-tiden ringde en av vårdpersonalen och bad mig komma in till sjukhuset för hon hade ramlat omkull inne på salen och slagit huvudet i golvet.

När jag kom dit förklarade personalen vad som hade hänt. Hon var mycket medtagen. Vi försökte prata med henne men hon uppfattade inte allt vad vi sade. När jag bad henne lyfta vänster ben och vänster arm lyfte hon höger ben och höger arm. Jag blev mycket förvånad när "huvudet inte hängde med". Jag frågade om de tänkte skicka henne på skallröntgen, men de skulle vänta tills dagen därpå. Då blev jag förtvivlad och försökte påverka dem att skicka henne till skallröntgen DIREKT. Jag pratade för "döva öron". Jag satt kvar till klockan 02.00 och hoppades att de skulle ändra sig…. men INTE!

Jag återkom dagen låg Barbro på IVA.

Läget förvärras

Den 18 augusti 2016 hade läget förvärrats ytterligare. Då beslutades att jag behövde opereras på Norrlands Universitetssjukhus för hjärnblödningen spred sig och blev större.
När jag stod kvar på helikopterplattan och såg de blinkande ljusen försvinna i fjärran, drog jag jackan tätare runt kroppen och jag frös ända in i märgen. Hur ska jag orka köra

bil till Umeå? Frågorna hopade sig, likt ett
åskväder som kommer när som helst. Mitt
hjärta dunkade i takt med helikopterljudet.

Då blev jag förtvivlad och tänkte:

INTE EN GÅNG TILL!!!!! JAG VÄGRAR
LÄMNA HENNE! Jag har förlorat två barn
tidigare så det här får inte ske!

Jag åkte hem, packade och gjorde mig
beredd att åka till Umeå. Barbros barn åkte
före.

Operation.

Sent på kvällen blev jag opererad av en
neurokirurg, operationen tog fyra timmar
och 30 minuter. Sedan låg jag nedsövd. Jag
låg kvar för observation. Min man och mina
barn hälsade på mig och även min bror och han
fru, men det minns jag ingenting av.
Efter en vecka transporterades jag tillbaka
till Skellefteå lasarett.

Nu fortsätter min mans berättelse.........

Det var en lång resa till Umeå. När jag kom
till NUS mötte jag Veronica, Tobias och
Hanna vid huvudentrén och vi följdes åt till

IVA, avdelningen där jag skulle finnas, men
där stod bara sängar med draperier, där
det låg patienter .Vi satt där och väntade och
väntade! Tiden tycktes stå stilla. Snart så
kom hon dit. Jag blev helt förstummad, det
var en chock!Jag bara stirrade på henne och
tänkte" Var det här kvinnan jag gifte mig
med för cirka 2 år sedan???? Det kan inte
vara möjligt? Henne känner jag inte igen???
Hennes ansikte och huvud var så stort och
svullet så hennes ögon syntes inte ens...........

-Hur ska det här sluta??????
-Kommer jag att bli ensam kvar??????

Personalen kom och berättade vad läkarna
hade gjort, men det var helt
omöjligt att ta in,. Vilken chock! Tobias såg
bedrövad ut. Jag undrade för en sekund vad
han tänkte och kände? Veronica såg bara
ledsen ut, vad kände hon? Det var helt
omöjligt att sortera tankarna. Det var kaos!!

Hon hade slangar överallt, olika mätare
fanns runt omkring som blinkade. Efter en
stund steg trycket i hjärnan och hon fick åka
mer till operationen igen. Där satt jag och
hennes barn, tiden gick i snigelfart, tankarna
snurrade, frågorna hopade sig i huvudet,
men ingen kunde säga någonting .

*Allt var ett enda virrvarr. Det kändes som om
tiden stod stilla!!*

*När personalen kom tillbaka berättade de
hur läget var, men jag fattade inte riktigt vad
dom sade. Jag hade lust att bara skrika ut
den smärta som jag kände! Varför, varför??*

*Den natten och några nätter till låg jag kvar
i Umeå för att kunna åka upp och hälsa på
henne och se hur hon mådde. Tidigt en
morgon ringde de från lasarettet och
meddelade att NU* **skulle Barbro åka med
helikopter tillbaka till Skellefteå lasarett.**
Det kändes bra, men frågorna var obesvarade!

Nu slutar min mans berättelse.

Drömmar – Mardrömmar

Jag kommer bara ihåg vissa detaljer. Jag
försökte ta mig upp ur sängen genom att
försöka krypa genom sänggrinden, men det
gick ju inte! Ibland tycktes jag vara instängd
i en lägenhet, men jag kom aldrig ut! Panik!
Det var förfärligt!

Min spegelbild

Första gången, som jag kommer ihåg, skulle jag titta mig själv i spegeln, utbrast jag:

- Vad har dom gjort med mig?

Jag var helrakad och hade ärr över hela huvudet, ett "hål" efter en slang som suttit uppe på huvudet.

Jag stirrade på min spegelbild en lång stund och studerade spegelbilden noggrant.

- Varför har ingen sagt någonting?

Senare berättade min man att jag hade sett mig själv i spegeln några dagar tidigare, men det kom jag inte ihåg.
Allting berättades för mig om och om igen men jag kom inte ihåg det. Hur kunde det här vara möjligt?

Svårt att sova.

När jag kom tillbaka till Skellefteå lasarett hade jag mycket svårt att sova. Jag fick prova olika sömnpreparat, men jag pratade dag och natt oavbrutet. Till slut lugnade det ner sig och jag började sova bättre och bättre.

Rullstolsträning

För att gå på toaletten användes en taklyft, till den mobila toalettstolen. Så småningom skulle rullstolen användas. Jag fick träna med sidoförflyttning på sängkanten, till rullstolen, om och om igen. Det var inte helt enkelt att köra den, i korridoren var det ibland hinder i vägen. Det gällde att hålla undan allt som störde "körningen". Det började gå bättre och bättre, men fort gick det inte. Min vänstra arm gjorde sig påmind. Den fanns liksom "utanför kroppen", det var inte min arm. Jag fick hålla i den med min högra hand, för att den skulle följa med.

Planeringsmöte

Så en dag var det planeringsmöte med eventuella hjälpmedel, som jag behövde hemma. Först och främst behövdes ett larm och hemtjänst bl a med påklädning och vid duschning. Jag behövde söka färdtjänst, ta bort trösklar hemma samt få en ramp ute, för att kunna ta mig ut. Rullator för utomhusbruk var också nödvändigt. Det viktigaste var att få en stolhiss i trappen, men det var ju ingen självklarhet. Men jag bet ihop och blev tjurig; Det ska jag ha om jag än måste överklaga till Försäkringsrätten, tänkte jag.

Vi bor på tredje våningen, så jag såg inga alternativ. Det blev att ringa till kommunen gång på gång.

Efter drygt tre månader fick jag hiss beviljad. Det var verkligen en stor SEGER!

<u>Utskrivning.</u>

Den 14 oktober 2015 fick jag åka hem på bår. Jag kunde inte ens stå själv eller klä på mig. Det kändes som jag bodde för mig själv i en isoleringscell! Hemrehab och folk från hemtjänsten var här och "övervakade" mig.

<u>Gångträning</u>

Började med att gå med "bälte", då en person gick bakom mig och höll i bältet, så jag kunde fångas upp, om jag skulle trilla omkull.

<u>Dagrehab</u>

Jag blev erbjuden att vara på Dagrehab och det verkade mycket bra. Jag blev inskriven den 8 december 2015 och slutade den 18 mars 2016. Min högsta ambition var **att kunna lära mig gå igen,** men jag hade lite svårt att tro att det skulle vara möjligt. Den dag jag började kunna gå själv, var en STOR seger, men det var bara at fortsätta och fortsätta. Allt tog sin tid!

Här jobbade mycket kompetent personal, varma, sköna människor med empati, framför allt att se "människan". Varje dag hade varje enskild person ett eget schema, utifrån sina begränsningar och möjligheter.

Jag hade "min sjukgymnast", "min arbetsterapeut", och rehabassistenter, som hela tiden gjorde det bästa de kunde för oss alla. Det var en skön stämning och alla såg ut att trivas, även jag!

Varje morgon möttes man av ett glatt
-god morgon! Välkommen hit!
Morgonkaffet doftade så gott! Det var bara att slå sig ned vid bordet och fika. Vissa dagar fortsatte vi med morgongympa. Det kändes skönt!

För min del fick jag ha datorträning, gåträning, vattengympa några gånger, köksträning, balansträning i olika former, och lösa korsord med mera.
Alla dagar hade vi vila i 45 minuter före lunchen och det behövdes verkligen. Det var lika viktigt att vila som att träna. Att få ligga på värme, var rena lyxen!

Min sjukjournal

Jag bad att få läsa min sjukjournal och där
låg även en avvikelseutredning skriven 2016-
03-02, från NUS, när jag föll inne på
kirurgavdelningen. Där finns en notering:
"patienten vätskas upp med stora mängder
vätska….. Natrium 141…….har gått ned till
115", vidare notering: "….kommer till oss
för neurointensivvård. Hematomet utryms
och codman anläggs……och nu i natt har
pat fått V-drän"………" medecinsk terminologi
är svårt!

Händelsebeskrivning: "Patienten har fått en
hjärnblödning och det är mycket smärtsamt
både för henne, anhöriga och oss som
personal. Oklart vilka men hon får av detta
eller om hon ens överlever."

Att ha lågt natrium i blodet innebär bl a
yrsel, hjärtproblem…….(Enligt Wikipedia).

I avvikelserapporten finns en notering om att
"oklart om det vatten som hon halkade i kom
från hennes vattenglas på sängbordet eller
från en **kvarglömd droppåse i hennes säng
(läckage från den????)** *Enligt
avvikelseutredningen bedöms allvarlighets-
graden STOR.*

Lex-Maria-anmälan

En anmälan insändes på grund av blödningen. Enlig beslutet som kom från IVO (Inspektionen för Vård och Omsorg), så har **vårdgivaren hela ansvaret,** att inventera och bedöma fallrisken, samt att vidta nödvändiga åtgärder för att undvika en fallolycka. I det här fallet ska en larmmatta ligga under patientens säng, som larmar vårdpersonalen om patienten är på väg upp ur sängen. På grund av smärtstillande medicin är patienten yr och virrig. I det här fallet är det en medpatient som larmar och då har fallolyckan redan skett. Hjärnblödningen är redan ett faktum. Att det skulle vara vatten från en kvarglömd droppåse, är en ovanligt dum bortförklaring, det gör det bara värre.

Slutord

Varför skriver jag den här boken? Det är så många som drabbas av stroke/hjärnblödning och min historia kanske kan hjälpa någon annan i samma situation. Enligt en studie i USA (Neuroportalen) så försämras motoriken i ansiktet, sidoförlamning och talsvårigheter. 25 % har kvarstående

handikapp, 40 % har medelstora/stora
handikapp som kräver speciell vård, 10 %
kräver speciell vård, 10% kräver vård på
sjukhem, 15 % avlider strax efter. Jag har
varit i" dödens väntrum".

Slutbön.

Tack Gud för att jag får vila i Dina starka
Faders-armar och att Du tar hand om
mig. Jag får känna mig trygg!

Fler böcker skrivna av Barbro Edman

Ekot som en bro är en diktsamling som handlar om ålderdom, sjukdom, kristen tro, sorg och saknad efter anhörigas död. De personer man älskar högt på jorden finns inte längre kvar. Ålderdom och sjukdom gör inte sorgen lättare, men den kristna tron hjälper och tröstar, ger kraft att vandra vidare. Minnen ger samtidigt glädje och tacksamhet för vad de har fått betyda i livets alla skiften.

Livet i Backspegeln en dikt samling som handlar om Tro och Förtröstan. Jag skriver om mina egna livserfarenheter, om sorg och glädje, tankar och funderingar och hur världen ser ut runt omkring oss. Min största trygghet i livet är min personliga tro på Gud, för jag vet att det bär i livets alla skiftningar, trots mina tvivel ibland.